ISOCRATE.

704

LE

SYMMACHIQUE

OU

DISCOURS SUR LA PAIX.

TRAD. FRANÇAISE.

—

Édition Delalain.

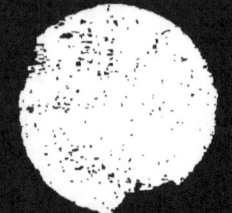

ISOCRATE.

LE SYMMACHIQUE

OU

DISCOURS SUR LA PAIX,

TRADUCTION D'AUGER,

REVUE ET CORRIGÉE,

AVEC SOMMAIRE ET ANALYSE.

PARIS,

DE L'IMPRIMERIE D'AUGUSTE DELALAIN,
LIBRAIRE-ÉDITEUR, rue des Mathurins St.-Jacques, n°. 5.

M DCCC XXXII.

Toute contrefaçon de cette Édition sera poursuivie conformément aux lois.

Toutes mes Éditions Classiques sont *stéréotypées d'après un procédé qui m'est particulier, et dont la supériorité est incontestable,* sous le rapport de l'exécution, de la correction, etc.; elles sont revêtues de ma griffe.

Auguste Delalain

ISOCRATE.
LE SYMMACHIQUE

o u

DISCOURS SUR LA PAIX.

SOMMAIRE.

Dans le temps que Philippe, roi de Macédoine, commença ses hostilités contre les Athéniens, par la prise d'Amphipolis, une de leurs colonies, et de quelques villes voisines où ils avaient des garnisons, la ville de Byzance, les îles de Chio, de Cos et de Rhodes, venaient de se liguer pour se soustraire à leur dépendance. Les confédérés soutinrent contre Athènes une guerre qui fut appelée *Guerre sociale* ou *Guerre des Alliés*. Commencée dans la troisième année de la 105ᵉ olympiade, 358 et 357 ans avant J.-C., elle finit sous l'archontat d'Elpinès qui répond aux années 356 et 355 avant J.-C.

Ce fut à l'occasion de cette guerre qu'Isocrate prononça le *Symmachique*, pour prouver à ses concitoyens la nécessité de faire la paix avec les villes rebelles.

La paix suivit de près ce discours, et l'on a prétendu même, mais à tort sans doute, qu'elle en avait été le fruit. Ce qui la détermina, ce furent les plaintes et les menaces du roi de Perse, à l'égard de Charès, général Athénien, qui, au lieu de se rendre à Byzance, se mit avec son armée, sous prétexte qu'il manquait de vivres, à la solde du satrape Artabaze, révolté contre Artaxerxe. Les Athéniens effrayés rappelèrent leur général, et se hâtèrent d'offrir la paix et l'indépendance aux villes qui avaient entrepris de secouer le joug.

———————

EXORDE. *L'orateur commence par exposer l'importance de l'objet sur lequel il va parler. Il reproche ensuite aux Athéniens de rebuter les hommes sincères et de réserver toute leur faveur pour ceux qui flattent leurs goûts. Isocrate s'étend sur cette idée qu'il applique à la question de la paix et de la guerre; il critique la conduite contradictoire des citoyens qui viennent avec une opinion toute faite à l'assemblée où ils ne semblent venir que pour chercher des lumières sur le meilleur parti à prendre; il blâme la préférence accordée aux mauvais sur les bons, dans l'administration ou à la tribune; enfin passant à ce qu'il peut y avoir de danger à contredire un peuple aussi prévenu, il lui déclare qu'il négligera ses périls et ses intérêts personnels, pour ne s'occuper que des intérêts et des périls publics.*

1. Tous les orateurs qui montent à cette tribune, ont coutume d'annoncer comme très-importans pour la république, les objets sur lesquels ils se proposent de donner des conseils. Mais si jamais on a dû employer ce début, il me semble que c'est dans la conjoncture présente. Nous avons à délibérer lequel est le plus avantageux, de faire la paix ou de continuer la guerre; et sans doute, tout ce qui a rapport à la guerre ou à la paix fut toujours d'une extrême importance, puisque tou-

tes deux influent nécessairement sur le bonheur
des peuples. Tel est le grand objet qui nous ras-
semble.

2. Mais, Athéniens, vous n'êtes pas également
bien disposés pour tous ceux qui entreprennent de
vous conseiller. Vous accordez aux uns toute votre
attention, lorsque vous ne daignez pas même
écouter les autres. Rien de plus commun chez vous
que cette injustice. Vous rebutez les orateurs sincères, et vous n'accueillez que ceux qui cherchent
à flatter vos goûts. Conduite d'autant plus blâmable,
que vous qui savez que la flatterie a renversé les plus
grandes fortunes, qui détestez les flatteurs dans les
affaires ordinaires de la vie, et méprisez ceux qui se
plaisent à les entendre, vous leur témoignez, dans le
gouvernement de l'état, une confiance toute particu-
lière. C'est donc à vous-mêmes qu'il faut s'en
prendre, si les orateurs s'étudient à trouver des
discours agréables plutôt que des conseils utiles;
comme fait encore aujourd'hui la foule de ceux
qui vous gouvernent. On ne sait que trop, en
effet, que vous écoutez plus volontiers les ministres qui vous excitent à la guerre, que ceux qui
vous exhortent à la paix. Les uns nous font espérer
que nous reprendrons dans la Grèce nos anciennes
possessions, et que nous recouvrerons la puissance
dont nous avons joui. Les autres, sans nous flatter
d'aucun espoir semblable, nous disent qu'il n'est
rien de préférable à la tranquillité, qu'il faut se
contenter de ce qu'on possède, et ne pas chercher
à s'agrandir aux dépens de la justice. Mais la modération coûte trop à la plupart des hommes. Ils
aiment tant à se repaître de vaines espérances, et
sont si avides de tout gain même injuste, que les
plus riches, toujours mécontens de leur fortune, et
désirant d'avoir ce qu'ils n'ont pas, s'exposent à
perdre ce qu'ils ont. Je crains donc que nous ne

tombions nous-mêmes aujourd'hui dans un pareil aveuglement, plusieurs parmi vous paraissant se porter à la guerre, comme s'ils étaient assurés d'un avantage complet et d'un triomphe facile; comme s'ils en avaient pour garans, non les hommes qui sont le moins dignes de la confiance publique, mais les dieux mêmes.

3. Le sage ne perd pas le temps à délibérer sur ce qu'il sait déjà; il agit d'après ses propres lumières. Lorsqu'il délibère, loin de se regarder comme éclairé sur l'avenir, il se persuade qu'on ne peut rien savoir que par conjectures, et que la fortune seule peut décider de l'événement. Vous, Athéniens, vous ne faites ni l'un ni l'autre, et votre conduite ne peut-être moins d'accord avec elle-même. Vous paraissez n'être assemblés que pour choisir parmi tous les avis qui vous seront proposés et pour adopter le meilleur; cependant, comme si vous aviez déjà déterminé le parti qu'il faut prendre, vous ne voulez écouter que les ministres qui flattent vos vues. Mais si vous aviez à cœur les intérêts de l'état, vous devriez plutôt écouter ceux qui contredisent vos opinions, que ceux qui craignent de les combattre. Un orateur qui se prête à vos goûts, parvient d'autant plus aisément à vous induire en erreur, que le plaisir qui naît de ses discours est comme un voile qui vous dérobe la vérité. Vous n'avez rien de semblable à craindre de celui qui se pique de franchise; comme il ne cherche pas à vous séduire, ce n'est qu'en vous éclairant sur vos vrais intérêts qu'il vous fera changer de sentiment. Ajoutez qu'on ne peut ni juger du passé, ni délibérer sur l'avenir, à moins que l'on ne compare les différens avis, et qu'on ne les ait écoutés tous sans aucune espèce de prévention.

4. Je suis surpris encore que nos vieillards aient oublié, ou que nos jeunes gens n'aient pas entendu

dire, que jamais les malheurs ne nous sont venus des-ministres qui nous ont conseillé la paix ; mais que nous sommes tombés dans des abîmes de maux par la faute de ceux qui nous portent témérairement à la guerre. Les yeux fermés sur nos disgrâces passées, et tranquilles sur l'avenir, nous équipons des flottes, nous levons des contributions, nous portons du secours ou déclarons la guerre au hasard, comme si la ville que nous exposons n'était pas la nôtre. La cause de ce déréglement, c'est que vous montrez autant d'indifférence pour les affaires publiques, que vous avez d'attention pour vos affaires particulières. Quand vous consultez sur ce qui vous regarde, vous vous adressez aux citoyens les plus éclairés. S'agit-il de délibérer sur les intérêts de l'état; vous regardez ces mêmes citoyens comme suspects, et vous leur portez envie. Parmi ceux qui montent à la tribune, ce sont les plus pervers qui obtiennent vos suffrages : vous préférez, comme plus amis du peuple, des débauchés à des hommes tempérans, des insensés à des sages, ceux qui partagent entre eux les deniers du trésor à ceux qui sacrifient une partie de leur fortune pour fournir aux charges publiques. Il est en vérité bien étrange que l'on fonde sur de tels conseillers la prospérité du gouvernement !

5. Je n'ignore pas, sans doute, qu'il est dangereux de vous contredire ; et je sais trop que chez vous, dans un état démocratique, il n'y a liberté de parler que pour les orateurs les moins sensés, les moins occupés de vos intérêts, et pour des comédiens méprisables. Et ce qu'il y a de plus étonnant, c'est que vous savez autant de gré à des hommes qui divulguent vos fautes, que s'ils vous rendaient d'importans services; tandis que ceux qui vous font d'utiles reproches et vous donnent des avis sages, vous les maltraitez comme s'ils vous portaient des coups mortels. Malgré ces abus, je n'ai pas renoncé à mon dessein ; je viens, non pour fa-

voriser vos penchans, ni pour briguer vos suffrages,
mais pour exposer mes vrais sentimens, d'abord sur
les objets que les Prytanes [1] ont mis en délibération,
et ensuite sur les autres points qui intéressent la république. Car inutilement aurons-nous décidé la
paix, si nous ne prenons sur le reste un parti raisonnable.

PREMIÈRE PARTIE.

I. *Isocrate conseille une paix générale et l'adop-*
tion d'un traité semblable à celui d'Antalcide.

6. Je dis donc qu'il faut faire la paix, non seulement avec les peuples de Chio, de Rhodes, de Byzance et de Cos, mais encore avec tous les peuples
de la Grèce. Je dis qu'il faut rédiger le traité, non
comme on vient de le faire, mais comme celui qui
à été conclu avec le roi de Perse et les Lacédémoniens, et qui porte que les Grecs seront libres, qu'on
retirera les garnisons des villes étrangères, que
chaque peuple restera possesseur de ce qui lui
appartient légitimement. Pourrait-on trouver des
conditions plus justes, je dis même plus utiles pour
nous?

7. Je sais que si me bornant à ce que je viens de
dire, je finissais là mon discours, on ne manquerait
pas de me reprocher que je parle contre les intérêts
de la république. En effet, les Thébains garderaient
Thespies, Platée et les autres villes dont ils se sont
emparés au mépris des sermens; et nous, sans raison
et sans nécessité, nous rendrions celles dont nous
sommes possesseurs paisibles. Mais je me flatte que
si vous avez la patience de m'entendre, vous con-
viendrez avec moi que c'est une folie de s'imaginer

---

1 Prytanes, présidens du sénat, chargés de faire au
peuple le rapport de ce qui devait être le sujet des délibérations.

que l'injustice puisse procurer de vrais biens, et le
comble de l'extravagance, de s'emparer par force
des villes sur lesquelles on n'a aucun droit, sans
songer aux malheurs que ces usurpations entraînent
après elles. C'est là ce que je me propose de vous
prouver dans tout ce discours.

II. *Isocrate examine ce qui paraît le plus dési-*
rable dans la conjoncture présente ; c'est pour
les Athéniens la sécurité, l'abondance, la con-
corde, et la bonne opinion de la Grèce sur leur
justice. Il compare ensuite les maux que la
guerre a produits avec les biens que produira
la paix.

8. Raisonnons d'abord sur la paix et voyons ce
qui nous semblerait le plus désirable dans la conjoncture présente. Ce point, une fois déterminé, for-
mera un principe d'où nous partirons pour nous
décider sur tout le reste.

9. Que pourrions-nous désirer, sinon de jouir
dans nos murs d'une entière sûreté et d'une heureuse
abondance, de voir la concorde régner entre
nous, et tous les Grecs penser favorablement de
notre justice ? Il me semble qu'alors nous verrions
notre patrie reprendre sa première splendeur. La
guerre nous a privés de tous ces avantages ; c'est
elle qui a épuisé nos fortunes ; elle est la cause du
décri où nous sommes parmi les Grecs, elle nous a
exposés à une foule de dangers, et précipités dans
un abîme de malheurs. Si nous faisons la paix, si
nous suivons en tout les traités communs à toute la
Grèce, nous jouirons d'une sûreté parfaite dans
l'enceinte de nos murs : affranchis de toute guerre
et de tout péril, délivrés de toutes nos divisions
intestines, n'ayant plus de contributions à fournir, de vaisseaux à équiper, de charges onéreuses à
remplir, cultivant paisiblement nos terres, parcou-

rant les mers avec sécurité, reprenant toutes les parties du commerce dont la guerre avait interrompu
le cours, nous verrons de jour en jour nos fortunes
s'accroître; Athènes verra multiplier ses revenus;
et cette ville aujourd'hui déserte, bientôt remplie
de commerçans, d'étrangers qui viendront s'y établir ou la visiter, ne tardera pas à devenir florissante. Et ce qui nous importe plus encore, nous
verrons tous les Grecs rechercher l'alliance de notre
république, et, comme de vrais alliés et des amis
fidèles, ne pas se contenter de s'attacher à nous dans
la prospérité à cause de notre puissance, mais être
prêts à nous secourir même dans l'adversité. Enfin,
ce que nous ne pouvons obtenir aujourd'hui à force
d'argent et par la voie des armes, une simple am-
bassade nous l'obtiendra sans peine. Car ne croyez
pas que quand Cersoblepte et Philippe nous verront
regarder sans envie les possessions d'autrui, ils
nous disputent la Chersonèse ou Amphipolis. Main-
tenant ils craignent, et avec quelque sujet, de nous
avoir pour voisins, parce qu'ils voient que peu
contens de notre puissance, nous cherchons sans
cesse à l'augmenter. Mais si changeant de conduite,
nous leur donnons d'Athènes une idée plus favo-
rable, loin de chercher à s'emparer de ce qui est à
nous, ils nous céderont d'eux-mêmes une partie de
ce qu'ils possèdent, leur véritable intérêt étant de
ménager notre république pour la sûreté de leurs
états. Qui pourrait alors nous empêcher d'acquérir
dans la Thrace une étendue de pays assez considé-
rable, et pour nous faire vivre nous-mêmes dans l'a-
bondance, et pour fournir de quoi subsister à ces
Grecs indigens que le besoin fait errer de pays en
pays? Si Athénodore et Callistrate, l'un simple particulier et l'autre exilé, ont bien pu fonder des villes,
il ne dépendra que de nous, sans doute, de former
en plusieurs endroits de pareils établissemens. Ce
sont là des projets dignes d'un peuple qui prétend

commander dans la Grèce. Voilà les expéditions
qu'il doit entreprendre, et non faire marcher contre
les Grecs des soldats mercenaires, comme nous
faisons aujourd'hui.

III. *Il ne suffit pas de décider la paix, il faut
encore délibérer sur les moyens de la rendre solide. C'est la transition à la seconde partie.*

10. Je ne dirai rien de plus, sur ce qui concerne
le rapport des députés ; et quoique peut-être on pût
y ajouter quelque chose, ce que j'ai dit me paraît
suffisant. Mais ne nous bornons pas à décider la paix
avant de quitter l'assemblée, délibérons encore sur
les moyens de la rendre solide ; et sans nous exposer,
selon notre coutume, à retomber dans les mêmes
troubles après quelques momens de tranquillité,
travaillons non simplement à suspendre nos maux,
mais à les faire cesser entièrement. Vous ne pourrez
y réussir, si vous n'êtes persuadés avant tout qu'il
est plus avantageux de vivre dans le repos que de
se livrer aux inquiétudes de l'ambition, de suivre les
règles de l'équité que de commettre des injustices,
de gouverner ses propres biens que d'usurper ceux
des autres. Personne n'a encore osé vous entretenir
sur ces objets importans ; j'entreprends de les déve-
lopper aujourd'hui, assuré que par-là nous nous
procurerons un bonheur trop étranger à notre conduite présente. Quiconque s'écarte du système ordinaire, et se propose de changer vos opinions, doit
nécessairement employer tous les moyens les plus
efficaces, et donner à ses discours une juste étendue.
Il doit rappeler le passé, blâmer, louer, conseiller ;
et malgré ces efforts divers, encore ne réussit-il pas
toujours à vous inspirer de meilleurs desseins.

* 1

SECONDE PARTIE.

I. *Le plus grand bonheur possible, tel est le but auquel aspirent tous les hommes; mais il faut connaître la route qui peut y conduire. L'ambition et l'injustice ne mènent qu'au mal; la modération et la justice font seules arriver au bien. Réfutation de ceux qui disent que l'iniquité est profitable dans la plupart des circonstances, et que l'équité est moins avantageuse pour nous-mêmes que pour ceux avec qui nous avons à vivre.*

11. Ce qui rend, selon moi, la chose si difficile, c'est que bien que tous les hommes aspirent au plus grand bonheur possible, tous ne savent pas ce qui peut les y conduire, et que chacun a là-dessus sa manière de voir. Il en est qui envisagent comme il faut le but qu'ils se proposent, et qui se mettent en état d'y parvenir; d'autres prennent une route tout opposée et le manquent absolument. Ce qu'éprouvent ces derniers, nous l'avons éprouvé nous-mêmes. Parcourir la mer avec un grand nombre de vaisseaux, forcer les villes à nous payer des tributs et à nous envoyer des députés; c'est là, à nos yeux, un brillant avantage. Mais en cela même nous sommes dans l'erreur, et nos espérances se sont entièrement évanouies. Car de là ces inimitiés, ces guerres, ces épuisemens du trésor; suites inévitables d'une ambition qui nous a déjà réduits aux extrémités les plus cruelles. Au contraire, lorsque, par un esprit de justice, nous nous faisions une loi de secourir les opprimés, et de ne pas envier les possessions d'autrui, les Grecs nous accordèrent d'eux-mêmes le droit de les commander; ces Grecs pour lesquels nous affectons depuis long-

temps un mépris si déplacé et si peu raisonnable.

12. Il est des hommes qui ont eu le front de dire
que l'injustice, quoique généralement abhorrée,
était profitable dans la plupart des circonstances;
que l'équité, au contraire, quoique estimée et
respectée, était nuisible à nos intérêts, et moins
avantageuse pour nous-mêmes que pour ceux
avec qui nous avons à vivre. Ils se trompent, sans
doute, et ils ne voient pas que rien n'est plus propre à nous obtenir de vrais avantages, de vrais
succès, la vraie gloire, le vrai bonheur en un
mot, que la pratique de toutes les vertus. En
effet, ce sont les qualités de l'âme qui nous assu-
rent la possession des biens que nous pouvons désirer; ainsi négliger de perfectionner son âme, c'est
négliger, sans le savoir, le moyen le plus convenable pour se rendre et plus éclairé et plus heureux que les autres. Pourrait-on, d'ailleurs, se
figurer que les personnes les plus fidèles au res-
pect que nous devons aux dieux, et à la justice
due aux hommes, prêtes à tout faire et à tout
souffrir pour ne s'en écarter jamais, seront moins
favorisées que les pervers, et ne jouiront d'aucun
privilége ni auprès des dieux ni auprès des hommes? Quant à moi, je suis persuadé qu'elles seules peuvent nous procurer des avantages solides, et
que les succès des méchans sont toujours funestes.
Ces hommes injustes qui cherchent à envahir les
possessions d'autrui, et qui regardent cette usurpa-
tion comme un grand bien, semblables à ces ani-
maux voraces qui se laissent prendre à des appâts
grossiers, saisissent avidement leur proie, mais
bientôt après tombent dans l'excès du malheur. Au
lieu que les âmes justes et religieuses jouissent
pour le présent d'un état sûr et tranquille, et peuvent se promettre encore pour le reste de leur
vie un bonheur solide et durable. S'il est des

exemples contraires, du moins sont-ils fort rares.
Or, puisqu'il ne nous est pas donné de percer dans
l'avenir, et d'y lire avec certitude ce qui doit nous
arriver d'heureux, il est de la prudence de choisir
ce qui est le plus communément utile. Enfin, ne
serait-ce pas une contradiction visible de croire que
l'équité est une disposition de l'ame plus agréable
aux dieux que l'injustice, et de penser que les hommes justes mèneront une vie plus misérable que
les méchans?

II. *Isocrate attaque les orateurs qui proposent
sans cesse, à l'imitation des Athéniens, l'exemple de leurs aïeux, tout en leur conseillant une
conduite contraire à celle de ces modèles. Pa-
rallèle énergique et prolongé entre les ancétres
de deux époques et les hommes actuels.*

13. Je voudrais qu'il ne fût pas moins facile de
porter à la vertu ceux qui m'écoutent, qu'il est aisé
d'en faire l'éloge; mais je crains de parler sans
fruit. Il **y** a long-temps que nous sommes corrompus par des orateurs qui ne savent que nous séduire.
Telle est leur audace, tel est le mépris qu'ils font de
vous; sont-ils soudoyés pour faire déclarer la
guerre à quelques peuples, c'est alors qu'ils s'é-
crient dans vos assemblées: Imitons nos ancêtres,
ne souffrons pas qu'on se joue de notre république;
maîtres de la mer, ne la laissons libre qu'aux
Grecs qui nous paieront les tributs.

14. Je leur demanderais volontiers quels sont
les Athéniens nos prédécesseurs qu'ils nous enga-
gent à prendre pour modèles. Serait-ce ceux qui
ont combattu anciennement contre les Perses, ou
ceux qui nous ont gouvernés à la fin de la guerre
du Péloponèse? Si ce sont ces derniers, ils nous
conseillent donc de nous exposer de nouveau à une
ruine totale. Si ce sont les vainqueurs de Mara-

thon, ou les pères de ces vainqueurs; à moins que
d'avoir perdu toute pudeur, peuvent-ils donner
des éloges à l'administration de ces grands hommes, eux qui nous portent à nous conduire d'une
manière tout opposée, et qui nous jettent dans
les plus tristes écarts? Ici, je ne sais quel
parti je dois prendre. Releverai-je les abus avec
ma franchise accoutumée? ou, dans la crainte de
déplaire, les passerai-je sous silence?

15. Il me semble que je ne dois pas hésiter d'en
parler. Je ne l'ignore pas, vous êtes disposés moins
favorablement envers ceux qui vous font d'utiles
reproches, qu'à l'égard de ceux-mêmes qui sont
les auteurs de vos maux; mais je rougirais de pa-
raître plus occupé de ma considération person-
nelle, que du bonheur public. Mon devoir, comme
celui de tout homme qui s'intéresse au bien de la
patrie, est de préférer des avertissemens salutaires
à des discours flatteurs. C'est à vous de vous bien pé-
nétrer de cette idée, que si on a trouvé une infinité
de remèdes pour les maladies du corps, il n'en
est qu'un seul efficace pour les vices, qui sont les
vraies maladies de l'ame, c'est de souffrir qu'on
nous reprenne courageusement de nos fautes. En
effet, ne serait-ce pas une inconséquence bien
étrange, d'endurer les opérations les plus dou-
loureuses, le fer et le feu, pour prévenir de plus
grands maux, et de commencer par rejeter des
conseils avant que de savoir s'ils sont utiles?

16. Ce début, sans doute, vous annonce que
mon dessein est de vous parler sans nul déguise-
ment, avec une entière liberté. Oui, si un étranger paraissait à l'instant parmi nous, et que, sans
être encore gâté par nos usages, il fût témoin de ce
qui s'y passe, il nous trouverait bien peu raisonnables de nous glorifier des exploits de nos ancêtres, de regarder leurs actions comme un titre d'é-
loge pour notre république, tandis que, loin de

marcher sur leurs traces, nous suivons une route tout opposée à celle qu'ils ont tenue. Nos ancêtres n'ont jamais cessé de combattre en personne contre les barbares pour l'intérêt des Grecs; et nous, ramassant dans l'Asie des brigands qui se vendent au premier qui les achète, nous les armons contre les Grecs mêmes. Nos ancêtres ont mérité la prééminence pour avoir secouru les villes de la Grèce et les avoir mises en liberté; et nous qui tenons une conduite si différente, qui les réduisons en servitude, nous nous plaignons de n'être plus auprès d'elle dans le même degré d'estime; nous, dis-je, dont les actions et les sentimens font un contraste marqué avec ceux de nos pères; nous qui, enfans de ces hommes assez courageux pour abandonner leur propre patrie, afin de sauver la Grèce, afin d'attaquer sur terre et sur mer les barbares dont ils ont triomphé, ne daignons pas même combattre pour l'intérêt de notre ambition, et refusons de porter les armes quand nous prétendons commander à tous les Grecs. Nous déclarons la guerre à presque tous les peuples; et ce ne sont pas nos citoyens que nous employons à cette guerre, mais des exilés, des transfuges, des scélérats qui accourent ici en foule, et qui marcheraient bientôt contre nous, s'ils trouvaient ailleurs une plus forte paie. Nous les ménageons néanmoins jusqu'à empêcher qu'ils ne soient punis des outrages qu'ils font à nos enfans: et quoique nous soyons responsables de leurs brigandages et de tous les excès auxquels ils se livrent, loin de sévir contre eux, nous ne faisons que rire lorsqu'on nous apprend quelques traits de leur violence. Insensés que nous sommes! nous voulons entretenir des soldats étrangers, quand nous manquons des choses les plus nécessaires à la vie: nous vexons nos alliés et nous les rançonnons pour soudoyer les ennemis communs de tous les peuples. Inférieurs

à ceux de nos ancêtres qui ont mérité l'estime
des Grecs, nous le cédons même à ceux qui ont
encouru leur haine. Ces derniers du moins, quand
ils avaient résolu la guerre, croyaient, quoique
leur trésor fût plein, devoir payer de leurs personnes; tandis que nous, avec un peuple aussi
nombreux et des finances aussi épuisées, nous
voulons, comme le grand roi [1], nous servir de
troupes mercenaires. Alors, si on armait une flotte,
on prenait pour matelots des étrangers et des esclaves; les citoyens étaient soldats. Aujourd'hui
nous armons des étrangers pour combattre, et
nous forçons les citoyens de ramer. Ainsi quand
nous faisons une descente sur les terres ennemies,
on voit ces fiers républicains qui prétendent commander aux Grecs, sortir des vaisseaux la rame à
la main; et des hommes tels que ceux que je
viens de dépeindre, s'avancent au combat couverts
de nos armes.

III. *Isocrate passe à l'administration, qu'il trouve
encore plus révoltante, par le contraste qui
existe entre la pratique des Athéniens et leurs
prétentions de toute espèce, tant sur l'antiquité de leur origine, que sur le nombre ou la
bonté de leurs lois, l'excellence de leur gouvernement, leur aptitude aux affaires, leur sagesse supérieure, etc., contraste qu'il termine en
opposant de nouveau les ancêtres aux hommes
actuels.*

17. On dira peut-être que la bonne administration de la ville doit nous tranquilliser sur le reste.
Mais c'est cette administration même qui doit
révolter davantage. Nous qui nous vantons d'être

---

1 Personne n'ignore que les Grecs appelaient le roi de
Perse, *le roi* simplement, ou *le grand roi*.

nés du sol même sur lequel nous vivons [1] , qui
prétendons qu'Athènes est la plus ancienne ville
du monde, et qui devrions donner à tous les
peuples l'exemple d'un régime sage et bien entendu, nous nous gouvernons avec moins d'ordre
et de sagesse, que ceux dont les villes sont nou-
vellement fondées. Nous sommes fiers de la pureté
et de l'antiquité de notre origine ; et cependant
nous associons les premiers venus à la gloire de
nos ancêtres , plus aisément que les Lucaniens
et les Triballes ne partagent avec d'autres l'obs-
curité de leur nom. Nous établissons sans cesse
des lois , et nous n'en observons aucune. On
peut juger du reste par ce seul trait. Malgré la
peine de mort portée contre quiconque est
convaincu de brigue , nous nommons généraux
des hommes qui ont acheté ouvertement les suffrages. Ainsi celui qui a corrompu le plus grand
nombre de citoyens, est chargé des affaires les
plus importantes. Nous regardons la forme de notre
gouvernement comme le salut de toute la république; nous savons que la démocratie se main-
tient et se fortifie dans la paix et la tranquillité,
qu'elle a été déjà renversée deux fois dans l'agi-
tation des guerres : et cependant nous traitons les
partisans de la paix comme des fauteurs de l'oli-
garchie, tandis que nous honorons les auteurs de
la guerre comme d'excellens patriotes et les sou-
tiens de la démocratie. Nous qui avons le don de
la parole et l'esprit des affaires , nous sommes si
peu conséquens dans nos délibérations, que le
même jour voit naître des sentimens opposés :
en sorte que ce que nous avions blâmé avant de

---

[1] Les Athéniens se vantaient d'être *autochthones*, d'être
nés du pays même qu'ils habitaient, et de ne l'avoir jamais quitté.

nous réunir, nous le décrétons lorsque nous
sommes assemblés ; et à peine sommes-nous sépa-
rés, qu'on nous voit blâmer de nouveau ce qui a
été résolu dans la place publique. Nous qui nous
glorifions d'être les plus sages des Grecs, nous
prenons pour conseillers des hommes généralement méprisés ; nous rendons maîtres des affaires
publiques des gens auxquels personne ne voudrait
confier les siennes propres ; et, ce qu'il y a de plus
fâcheux encore, nous nous persuadons que les
méchans les plus décidés sont les plus zélés défenseurs de la constitution républicaine. Nous ju-
geons des étrangers par ceux qu'ils ont choisis
pour protecteurs ; et nous ne pensons pas qu'on
aura de nous la même opinion que de nos chefs.
Nos ancêtres mettaient à la tête des troupes ceux
qu'ils avaient mis à la tête de la république, persuadés que le citoyen qui donne les meilleurs conseils dans la tribune, sait aussi prendre le meilleur
parti, seul et abandonné à lui-même. Bien différens de nos ancêtres, nous ne trouvons pas assez
de capacité pour commander les armées, à ceux
même dont nous écoutons les avis dans les affaires
les plus sérieuses : d'autres qu'on ne voudrait con-
sulter ni dans les affaires de l'état ni dans les siennes, nous leur confions, loin d'Athènes, une autorité absolue, comme si l'éloignement étendait leurs
lumières, et les rendait capables de mieux raison-
ner sur la guerre et sur les intérêts généraux de la
Grèce, qu'ils ne font ici sur les objets particuliers
de nos délibérations. Ces reproches ne s'adressent
qu'à ceux qui les méritent ; et je ne finirais pas, si
je voulais parcourir tous les abus de notre gouvernement.

IV. *Si Athènes n'a pas encore péri, c'est que ses
ennemis ne se conduisent pas mieux qu'elle.
Comparaison de la conduite respective des*

Athéniens et des Thébains. Transition au point le plus important du discours.

18. Parmi les citoyens que ces discours offensent, quelqu'un me demandera peut-être avec humeur, comment une pareille conduite n'a pas encore causé notre perte, et comment elle nous laisse aussi puissans que d'autres. Je lui répondrai que nos ennemis ne se comportent pas mieux que nous. Si, tandis que les Athéniens ont commis les fautes que je leur reproche, les Thébains, vainqueurs de Lacédémone, se fussent tenus en repos après avoir délivré le Péloponèse et rendu aux Grecs leur liberté, on ne serait pas dans le cas de me faire une objection semblable, et nous aurions déjà senti combien les conseils de la sagesse sont préférables aux inquiétudes de l'ambition. Mais les choses en sont à ce point, que nous devons notre salut aux Thébains, comme ils nous doivent le leur. Athènes et Thèbes se servent mutuellement par le vice de leur politique : et certes, si nous entendions nos intérêts, nous nous paierions réciproquement pour tenir des assemblées, puisque celui des deux peuples qui s'assemble le plus souvent, travaille le mieux pour l'avantage de l'autre. Mais pour peu qu'on soit raisonnable, c'est moins sur les fautes de ses ennemis qu'on doit fonder ses espérances, que sur l'état de ses affaires et sur la sagesse de ses conseils. Les succès dus à l'imprudence d'autrui sont de courte durée et sujets à de tristes retours ; au lieu que ceux qu'on ne doit qu'à soi-même, ont une base solide, et sont moins exposés au changement.

19. Il n'est pas difficile de répondre à ces hommes qui font des objections au hasard ; mais si quelqu'un plus sensé m'accorde que je n'ai rien dit que de vrai ; si trouvant que j'ai raison de m'élever contre le système actuel, il va plus loin, et

prétend que , lorsqu'on donne des avis avec de
bonnes intentions , on ne doit pas se contenter
de blâmer les fautes , mais indiquer encore les
moyens qu'il faut prendre pour ne plus se conduire par les mêmes principes, et ne plus tom-
ber dans les mêmes erreurs; alors je serai embar-
rassé, non pour trouver une réponse qui soit con-
forme à la raison et à vos intérêts , mais pour
vous en offrir une qui puisse vous plaire. Au reste ,
puisque j'ai commencé à m'expliquer sans feinte ,
je continuerai à vous faire part de ce que je pense
avec la même franchise.

20. Nous avons déjà parlé des principales vertus
qui conduisent au bonheur, de la piété, de la modération et de la justice. Rien de plus vrai que ce
qui me reste à vous dire du seul moyen propre à
vous rendre tels que vous devez être ; mais aussi
rien de plus contraire à l'opinion commune, et
peut-être dois-je craindre de vous choquer.

V. *Isocrate , après s'être élevé contre le désir de
dominer parmi les Grecs , démontre 1° que
l'empire de la mer, dont les Athéniens sont si
jaloux , ne peut s'accorder avec la justice ;
2° qu'il leur est impossible de le conserver.*

21. Je suis persuadé que notre république sera
mieux gouvernée, que nous serons mieux réglés
nous-mêmes, et que nous verrons nos fortunes
s'accroître avec celle de l'état , si nous cessons
d'ambitionner l'empire de la mer; cet empire qui
nous jette aujourd'hui dans de si grands troubles,
et qui a ruiné l'excellente démocratie à laquelle
nos ancêtres ont dû toute leur prospérité ; cet empire qui est la cause de presque tous les maux que
nous souffrons et faisons souffrir aux autres. Je sais
qu'en s'élevant contre une puissance que tous les
peuples envient et se disputent, il est difficile de

trouver des auditeurs ; mais puisque vous m'avez
déjà passé des vérités désagréables, je vous prie de
vouloir bien m'écouter encore, et de ne pas
me croire assez peu sensé pour vous donner de
semblables conseils, si je n'avais rien de vrai à vous
dire. Je me flatte de démontrer que l'empire de
la mer dont nous sommes si jaloux, ne peut s'accorder avec la justice, qu'il nous serait impossible de le conserver, et qu'il n'est pas de notre intérêt d'y prétendre.

22. Premièrement, pour ce qui regarde la justice, je ne ferai que vous répéter les leçons que
j'ai puisées chez vous-mêmes. Lorsque les Lacédémoniens dominaient sur mer, que n'avez-vous pas
dit pour attaquer leur puissance, et pour faire voir
que les Grecs devaient être libres ? Quelles villes
n'avez-vous pas excitées à former une ligue contre Lacédémone ? Quelles ambassades n'envoyâtes-
vous pas au roi de Perse pour lui faire entendre
qu'il n'était ni juste ni utile qu'une seule république dominât dans la Grèce ? Et n'est-il pas vrai que
vous n'avez mis bas les armes et n'avez cessé de
combattre sur terre et sur mer, qu'après que les
Lacédémoniens eurent consenti au traité qui assu-
rait la liberté des Grecs ? Il n'est point juste que
le fort opprime le faible, vous le pensiez alors, et
la forme de votre gouvernement annonce que vous
le pensez encore aujourd'hui.

23. Il est aisé, je crois, de prouver qu'il nous
serait impossible de posséder l'empire de la mer.
Nous ne pouvions nous y maintenir avec dix mille
talens dans le trésor, le pourrions-nous dans l'état
d'épuisement où se trouvent nos finances ; surtout
lorsque nous avons non les mœurs qui nous l'ont ac-
quis, mais celles qui nous l'ont fait perdre ?

VI. *Isocrate va surtout s'attacher à prouver qu'il n'est pas de l'intérêt d'Athènes de rechercher ou d'accepter l'empire de la mer. Avant d'arriver aux preuves, il emploie une précaution oratoire, fondée sur sa franchise, pour justifier son opinion. Quant aux preuves, il les tire 1° d'une comparaison entre la manière dont la République était gouvernée avant de posséder l'empire maritime, et celle dont elle l'a été lorsqu'elle en a joui; 2° d'un tableau vif et animé des malheurs que l'esprit de domination a causés aux républiques d'Athènes et de Lacédémone, ainsi qu'à tous les peuples et à tous les hommes. D'où cette conséquence que le pouvoir maritime ne diffère du pouvoir tyrannique ni par les excès ni par les maux qu'il entraîne à sa suite.*

24. On verra aisément par ce qui suit, qu'il ne serait pas de notre intérêt de l'accepter, quand même on viendrait nous l'offrir…. Mais avant que d'aller plus loin, il convient de justifier le ton que j'ai pris avec vous; car j'ai lieu de craindre qu'en employant si souvent les reproches, on ne me taxe de m'ériger en accusateur de ma patrie.

25. Sans doute, si je dévoilais à d'autres les vices de votre politique, on serait fondé à me prêter cette intention. Mais c'est à vous-mêmes que je m'adresse; et sans nul dessein de vous déprimer dans l'esprit des peuples, n'ayant d'autre motif que de vous faire renoncer à votre conduite actuelle, je voudrais, et c'est le but de tout ce discours, établir une paix solide entre la ville d'Athènes et le reste de la Grèce. Celui qui reprend et celui qui accuse emploient nécessairement à-peu-près le même langage; mais leur intention étant bien différente, on ne doit pas juger de même de tous

les deux, quoiqu'ils disent les mêmes choses. Ceux qui font des reproches par malignité, on doit les haïr comme des hommes mal intentionnés pour la république; ceux qui reprennent par un bon motif, on doit leur en savoir gré, et les regarder comme d'excellens citoyens, et parmi ces derniers accueillir encore plus favorablement celui qui est en état de démontrer le vice de notre administration, et les inconvéniens qui en résultent. C'est le moyen le plus sûr de vous faire abandonner sans délai des systèmes peu réfléchis, et de vous en faire adopter de meilleurs. Voilà comme je me justifie sur la liberté des reproches que je vous ai déjà faits, et de ceux qui me restent à vous faire : je vais reprendre mon discours où je l'avais laissé.

26. Je disais donc qu'il ne serait pas de notre intérêt d'accepter l'empire de la mer, quand même on viendrait nous l'offrir. Pour vous convaincre de cette vérité, il faut que vous considériez la manière dont la république était gouvernée avant de posséder cet empire, et celle dont elle l'a été lorsqu'elle en a joui : la comparaison de ces deux états vous fera connaître quels maux nous a causés la puissance maritime.

27. Le gouvernement de nos ancêtres était aussi supérieur à celui qui l'a remplacé, qu'Aristide, Thémistocle et Miltiade l'emportaient sur Hyperbolus, sur Cléophon, et sur nos ministres actuels. Quant au peuple d'alors, on ne le voyait pas s'abandonner à l'inaction, et, dépourvu de moyens, enfanter des projets chimériques; mais il savait vaincre les armes à la main tous ceux qui attaquaient son pays; il méritait le prix de la valeur dans les combats livrés pour la Grèce, et se faisait tellement chérir de la nation, que la plupart des villes lui remettaient d'elles-mêmes toute leur puissance. Que les choses sont changées ! Au lieu de ce gouvernement sage, admiré de tous les Grecs,

les Athéniens, grâce à l'empire de la mer, sont
tombés dans des excès que tout le monde condam-
ne. Grâce à ce même empire, au lieu de triompher
de leurs ennemis, ils n'avaient plus le courage de
sortir de leurs murs pour se présenter devant eux.
Au lieu de cet attachement qu'ils trouvaient dans
leurs alliés, et de cette estime dont ils jouissaient
parmi les Grecs, ils ont encouru la haine univer-
selle. Peu s'en est fallu même que leur ville n'ait été
renversée de fond en comble ; et elle n'eût pu
échapper à une ruine entière, si les Lacédémoniens, ses ennemis de tous les temps, n'eussent été
mieux intentionnés pour elle que les peuples qui
avaient été anciennement ses alliés. Eh ! pourrait-on
faire un crime à ces peuples d'avoir été si animés
contre nous ? Fatigués des maux cruels que nous
leur avions fait souffrir, pouvaient-ils être bien
disposés à notre égard, et n'en pas conserver de
ressentiment ?

28. Qui aurait pu, en effet, supporter la licence
de nos pères ? Ils ramassaient dans toute la Grèce
des hommes sans aveu et remplis de vices, les faisaient monter sur des vaisseaux, et s'en servaient
pour vexer les Grecs. Dans les villes étrangères,
ils chassaient les meilleurs citoyens, dont ils aban-
donnaient les héritages aux plus pervers de la nation. Peut-être que par un détail exact de tous les
désordres de ce temps-là, je vous engagerais à vous
mieux comporter à l'avenir ; mais aussi je m'expo-
serais à votre haine : car pour l'ordinaire, vous êtes
plus ennemis de celui qui vous reprend de vos
fautes, que de celui qui vous les fait commettre.
Cette disposition qui vous est propre, me fait
craindre de me nuire à moi-même en cherchant à
vous servir. Je n'abandonnerai pas néanmoins tout
ce que je me proposais de vous dire ; mais, suppri-
mant ce qui serait trop dur et capable de vous choquer, je me bornerai aux traits qui pourront vous

faire mieux connaître l'imprudence des ministres dont se servaient nos pères.

29. Ils semblaient ne s'occuper que de ce qui pouvait nous rendre odieux. En vertu de leurs décrets, l'argent qui restait des contributions des alliés, était divisé par talens, et distribué à chaque spectacle pendant les fêtes de Bacchus. C'était au milieu d'une foule de spectateurs qu'ils faisaient ces distributions, et qu'ils présentaient les enfans de nos guerriers morts dans les combats. Les alliés étaient témoins de ces largesses faites du plus pur de leurs biens au peuple par des orateurs mercenaires ; les autres Grecs voyaient la multitude de nos orphelins, et les malheurs causés par notre ambition. Cependant les auteurs de nos désordres vantaient notre prospérité ; le vulgaire, incapable de réfléchir et de prévoir les suites de pareils abus, trouvait Athènes heureuse. Il contemplait avec une admiration stupide des richesses qui, entrées dans la ville par des voies injustes, devaient bientôt entraîner dans leur perte nos fortunes les plus légitimes. En effet, nos pères étaient si négligens à conserver leurs possessions, et si avides du bien des autres, qu'ils armaient des vaisseaux pour la Sicile dans le temps même où les armes de Lacédémone occupaient l'Attique, et où Décélie était déjà fortifié contre nous. Ils n'avaient pas honte de laisser ravager et dévaster leur patrie, pendant qu'ils envoyaient leurs troupes contre des peuples dont ils n'avaient reçu nulle injure. Ils portèrent l'extravagance au point que, n'étant pas maîtres de leurs propres faubourgs, ils méditaient la conquête de l'Italie, de la Sicile, de Carthage ; et plus insensés que le reste des hommes, ils ne furent pas même corrigés par le malheur qui instruit les autres et les rend plus sages. Toutefois dans quel abîme de maux ne les a pas jetés cette fatale puissance de la mer ! maux et plus affreux et plus multipliés que

nous n'en essuyâmes jamais. Nous avons perdu en
Egypte deux cents navires avec les équipages ;
quinze cents auprès de Cypre ; dans le Pont dix
mille hommes d'infanterie tant à nous qu'à nos
alliés ; en Sicile quarante mille soldats, deux
cent quarante galères ; dernièrement encore deux
cents navires ont péri pour nous sur l'Hellespont.
Qui pourrait compter d'ailleurs tout ce que nous
avons perdu en détail, soit en hommes, soit en
vaisseaux ? Il suffit de dire qu'éprouvant chaque
année de nouvelles disgrâces, nous célébrions tous
les ans de nouvelles funérailles publiques. Nos voisins et les autres Grecs accouraient en foule à ces
pompes funèbres, moins pour partager notre dou-
leur, que pour jouir de nos calamités. Enfin, Athènes voyait peu à peu les tombeaux publics se remplir de ses citoyens, et leurs noms remplacés sur les
registres par des noms étrangers. Ce qui prouve la
multitude d'Athéniens qui périrent alors, c'est que
nos familles les plus illustres et nos plus grandes
maisons, qui avaient échappé à la cruauté de la
tyrannie [1] et à la guerre de Perse, furent détruites
et sacrifiées à cet empire maritime, l'objet de nos
vœux. Et si par les familles dont je parle on vou-
lait juger des autres, on verrait que nous sommes
presque entièrement renouvelés.

30. Cependant on ne doit pas tenir pour heureuse une république qui ramasse au hasard des
hommes de toute espèce pour en grossir la liste
de ses citoyens, mais celle qui se montre la plus
attentive à conserver ses plus anciennes familles.
On ne doit envier le sort ni de ces hommes su-
perbes qui s'érigent en tyrans de leur patrie, ni de
ces ambitieux qui s'arrogent une puissance énorme ;
mais plutôt de ces esprits modérés qui, dignes des

---

1 C'est de la tyrannie des Pisistratides qu'il s'agit ici.

honneurs suprêmes, se contentent de ceux que le peuple leur défère. Ni particulier, ni république, ne peuvent jouir d'une autorité plus honorable, plus solide, plus précieuse, que celle dont jouissaient les vainqueurs des Perses, nos aïeux. On ne les voyait pas, à la manière des brigands, tantôt nageant dans l'abondance, tantôt pressés par le besoin, investis d'ennemis, et accablés de toutes sortes de maux : mais ils menaient la vie la plus douce et la plus heureuse, ne manquant jamais du nécessaire sans avoir de superflu, jaloux de leur équité dans le gouvernement, et des vertus qui leur conciliaient l'amour des peuples. S'écartant de ce système, leurs successeurs voulurent non gouverner, mais dominer. On confond souvent ces deux choses, qui cependant sont bien différentes. Celui qui gouverne consacre tous ses soins au bonheur de ceux qui lui obéissent; celui qui domine, au contraire, fait servir à ses plaisirs les travaux et les peines de ceux qu'il commande. Or, quand on agit en tyran, on tombe inévitablement dans les maux qu'entraîne la tyrannie, et tôt ou tard l'on souffre ce qu'on faisait souffrir aux autres. Athènes ne l'a que trop éprouvé. Après avoir mis des garnisons dans les citadelles des autres villes, elle a vu les ennemis maîtres de la sienne. Après avoir pris pour otages de jeunes enfans arrachés des bras paternels ; assiégée elle-même par les ennemis qui la serraient de près, elle a vu plusieurs de ses citoyens réduits à nourrir et à élever leurs enfans d'une manière peu convenable à leur naissance. Elle qui avait moissonné les campagnes d'autrui, n'a pu cultiver les siennes pendant plusieurs années.

31. Mais, je vous le demande, qui de nous consentirait à dominer aussi peu de temps parmi les Grecs, aux risques de voir sa patrie exposée aux mêmes désastres? Non, il n'est personne qui

pût y consentir, à moins que d'être un scélérat décidé, un cœur insensible, indifférent pour les objets sacrés de la religion, sans tendresse pour sa famille, uniquement occupé du moment présent. Des hommes qui penseraient aussi mal, ne doivent pas être nos modèles; ce n'est pas sur eux que nous devons régler nos sentimens, mais plutôt sur ceux qui aiment ce qu'ils doivent aimer, qui ne sont pas moins zélés pour la gloire de l'état que pour la leur propre, et qui préfèrent la médiocrité avec la justice à de grandes richesses injustement acquises. C'est en se conduisant par ces principes, que nos ancêtres ont transmis à leurs descendans une république florissante, et ont laissé un souvenir éternel de leur vertu. De tout ce que j'ai dit, Athéniens, vous pouvez conclure que notre ville peut enfanter plus d'hommes vertueux que les autres; mais que ce qu'on appelle empire, est un malheur dans la réalité, et n'est propre qu'à corrompre tous ceux qui en jouissent.

32. La plus forte preuve qu'on en puisse donner, c'est que nous ne sommes pas les seuls dont il ait altéré les principes; il a encore perverti les Lacédémoniens, de façon que les admirateurs des vertus de Sparte ne peuvent rejeter nos fautes sur la démocratie; et ce serait à tort qu'ils prétendraient que les Lacédémoniens auraient fait leur bonheur et celui des autres Grecs, s'ils avaient joui de notre puissance. Ce pouvoir sans bornes qui nous a été si funeste, leur a fait sentir bien plus promptement encore ses effets pernicieux. En peu de temps il a ébranlé et presque renversé ce régime si sage, qui, pendant l'espace de sept siècles, s'était maintenu au milieu des périls et des alarmes. Au mépris de ces institutions anciennes si admirables, il a accoutumé les particuliers à dédaigner la justice et les lois, à fuir le travail, à convoiter l'or; il a porté la république à opprimer ses alliés, à envier

les possessions d'autrui, à fouler aux pieds les sermens et les traités. Les Lacédémoniens, en un
mot, renchérissant sur les fautes commises par
nos pères à l'égard des Grecs, ont ajouté aux
excès dont je viens de parler, les meurtres et les
séditions qui ont désolé les villes, et fait naître
entre les citoyens des haines éternelles. Plus modérés auparavant que les autres, devenus bientôt
avides de guerres et de dangers, ils n'étaient arrê-
tés ni par le droit des alliances, ni par le souvenir
des bienfaits. Le roi de Perse leur avait fourni plus
de 5ooo talens pour soutenir la guerre contre nous;
les habitans de Chio les avaient aidés de leur ma-
rine, et les avaient secondés avec plus d'ardeur qu'aucun de leurs alliés; les Thébains les avaient secou-
rus d'une grande partie de leur infanterie : à peine
ont-ils été en possession de l'empire, qu'ils ont
médité la ruine des Thébains, qu'ils ont envoyé
Cléarque à la tête d'une armée contre le roi de
Perse, banni les principaux citoyens de Chio, saisi
et emmené avec eux les vaisseaux de ce peuple.

33. Ce n'est pas tout : dans le même temps, ils
ravagèrent l'Asie, insultèrent les îles, détruisirent
le gouvernement démocratique dans l'Italie, dans
la Sicile, et y établirent des tyrans; enfin, ils bou-
leversèrent le Péloponèse, et le remplirent de
troubles et de séditions. Quelle ville n'ont-ils pas at-
taquée? quels peuples alliés n'ont-ils pas persécutés?
N'ont-ils pas dépouillé les Éléens d'une partie de
leur territoire, saccagé les campagnes des Corin-
thiens, détruit Mantinée de fond en comble,
emporté Phlionte de force ? N'ont-ils pas fait
des incursions sur les terres des Argiens ? Ont-ils
cessé de tourmenter les autres peuples, et de se
préparer eux-mêmes leur défaite à Leuctres? Dire
que cette défaite a été la cause de tous les maux de
Sparte, ce n'est pas dire vrai. Non, ce n'est pas la
journée de Leuctres qui leur a fait encourir la haine

de leurs alliés, mais ce sont leurs excès précédens
qui ont amené et la défaite qu'ils ont essuyée,
et les périls extrêmes qui en ont été la suite. On
doit imputer leurs maux non aux derniers événe-
mens, mais aux premières fautes qui ont déterminé
les dernières disgrâces. Ainsi ce serait parler beaucoup plus juste, de rapporter l'époque de leurs malheurs au temps où, parvenus à l'empire maritime,
ils possédèrent une puissance qui ne ressemblait
en rien à celle dont ils avaient joui jusqu'alors.
Leur bonne discipline dans le commandement sur
terre, leur patience infatigable, leur habitude à
supporter les travaux, leur avaient obtenu sans
peine le commandement sur mer; et ce commandement, par la licence effrénée qu'il leur inspira,
ne tarda pas à les dépouiller de l'autre. Infidèles à
leurs anciens usages, n'observant plus les lois
qu'ils avaient reçues de leurs ancêtres, se
croyant en droit de tout faire, ils tombèrent enfin
dans les plus grands désordres. Ils ne sentaient
pas combien est dangereux ce pouvoir sans bornes
que tout homme envie; ils ne voyaient pas qu'il
ôte le sens et la raison à ceux qui s'y attachent; en
un mot, qu'il peut être comparé aux courtisanes
dont les charmes attirent et perdent ceux qui s'y
abandonnent.

34. Mille exemples démontrent qu'une puissance
illimitée produit ordinairement ces tristes effets.
Qu'on examine les peuples qui en ont joui, on
verra qu'ils ont éprouvé les extrémités les plu-
fâcheuses, en commençant par nous et les Lacédémoniens. Ces deux républiques, qui d'abord
étaient gouvernées avec tant de sagesse, et qui
jouissaient d'une gloire si bien méritée, n'ont pas
subi un sort différent lorsqu'elles furent parvenues
à la domination des mers. Dépravées par les mêmes
passions, travaillées de la même maladie, elles ont
tenu la même conduite, commis à peu près les

mêmes fautes, et essuyé des calamités semblables.
Nous, par exemple, détestés de nos alliés, mena-
cés d'une ruine totale, nous n'avons dû notre salut
qu'à la générosité des Lacédémoniens. A leur tour,
ceux-ci, dont tous les Grecs avaient conjuré la
perte, ont été forcés de recourir à nous, et auraient péri si nous n'avions entrepris de les dé-
fendre. Et l'on vanterait encore une puissance dont
les suites sont si pernicieuses! Ne doit-on pas plutôt l'abhorrer et la fuir, puisqu'elle a porté aux
plus grands excès les deux premières villes de la
Grèce, et les a jetées dans les disgrâces les plus
affreuses?

35. Mais ne nous étonnons pas que les Grecs
aient ignoré jusqu'ici que l'empire de la mer est pour
ceux qui le possèdent, la source de tant de maux, et
que les Lacédémoniens et nous, nous nous soyons
disputé avec tant d'acharnement une domination
aussi funeste. La plupart des hommes, aveu-
gles dans leur choix, désirent avec plus d'ardeur
ce qui leur est nuisible que ce qui peut leur être
profitable, et travaillent pour leurs ennemis bien
plus que pour eux-mêmes. On peut s'en convaincre
par les plus grands exemples, et ce que je dis ne
manqua jamais d'arriver. N'avons-nous pas suivi un
plan de conduite qui a rendu les Lacédémoniens
maîtres de la Grèce? Les Lacédémoniens ensuite
n'ont-ils pas commandé avec si peu de modération,
qu'après quelques années ayant repris nos avantages, nous sommes devenus leur unique refuge?
L'ambition des partisans d'Athènes n'a-t-elle pas
fait embrasser aux villes le parti des Lacédémoniens,
et l'insolence des partisans de Lacédémone ne les
a-t-elle pas ramenés à notre parti? La perversité
des orateurs publics n'a-t-elle pas fait désirer au
peuple lui-même la domination des Quatre cents?
Les fureurs des Trente ne nous ont-elles pas tous
rendus plus partisans du peuple que ceux mêmes

qui s'étaient emparés de Phylé? Dans des conjonc-
tures moins importantes, dans le cours ordinaire
de la vie, ne voyons-nous pas la plupart des
hommes rechercher des alimens et des exercices
nuisibles à l'esprit et au corps, et regarder les
plus salutaires comme pénibles et désagréables?
Il leur suffit même de persévérer dans leurs goûts
pour se faire une réputation de force et de courage.
Mais si les particuliers, dans les circonstances les
plus communes et les plus intéressantes pour eux,
choisissent aussi mal, serons-nous encore surpris
que l'on connaisse si peu et qu'on se dispute si fort
l'empire maritime sur lequel on n'a jamais bien
réfléchi?

36. Jetez aussi les yeux sur ces citoyens accré-
dités qui cherchent à asservir leur patrie : voyez
comme ils ambitionnent l'autorité souveraine, comme
ils sont prêts à tout faire pour y parvenir. Que de
peines cependant, que de périls ne leur offre-t-elle
pas! De combien de maux ne sont-ils pas investis
dès qu'ils sont devenus les maîtres! Ne sont-ils pas
comme forcés de se déclarer contre tous les citoyens, de persécuter ceux qui ne leur ont fait aucun mal, de se défier de leurs meilleurs amis, de
confier leurs personnes à des mercenaires qu'ils
n'ont jamais vus, de ne pas craindre moins leurs
propres gardes que leurs ennemis mêmes, de regarder tout le monde comme suspect, et de redouter
jusqu'à leurs parens les plus proches? Ils savent,
en effet, que plusieurs tyrans avant eux ont été
égorgés par leurs pères, par leurs enfans, par leurs
frères, par leurs épouses, et qu'enfin leur race a dis-
paru du milieu des hommes. Cependant, instruits
des malheurs qui les attendent, ils s'y précipitent
volontairement eux-mêmes. Mais si les chefs des
républiques, qui y jouissent de la plus haute considération, se jettent avec connaissance dans de
tels abîmes, faut-il s'étonner que les peuples re-

cherchent des objets dont le danger leur est in-
connu ?

37. Je n'ignore pas que si vous approuvez tout
ce qu'on pourrait dire contre le pouvoir tyrannique, vous souffrez avec peine qu'on s'élève contre la puissance maritime. Car tel est votre aveuglement, les défauts que vous blâmez dans les
autres, vous ne les appercevez pas en vous. Toutefois, la plus grande marque de raison est de pe-
ser toujours les choses dans la même balance sans
égard aux personnes. Mais, je vous le demande,
songeâtes-vous jamais à régler vos idées ? Vous
jugez que le pouvoir tyrannique est un fardeau ac-
cablant, qui pèse sur les oppresseurs autant que
sur les opprimés ; et l'empire de la mer, qui ne diffère nullement de la tyrannie, qui nous porte aux
mêmes excès et nous prépare les mêmes disgrâces,
vous vous imaginez qu'il est la source des plus grands
avantages ! vous regardez la puissance des Thébains comme odieuse, parce qu'ils oppriment la
Béotie ; et vous, qui ne traitez pas mieux vos alliés
que les Thébains ne font tous leurs voisins, vous
vous croyez irréprochables !

VII. *La licence et l'orgueil sont la source de tous*
les maux ; tous les biens au contraire sont le fruit
de la sagesse et de la modération. Isocrate con-
seille donc aux Athéniens de repousser les ora-
teurs pervers et les mauvais ministres qui flat-
tent les goûts du peuple pour s'enrichir à ses
dépens, et qui conseillent la guerre parce que
la paix n'est profitable qu'aux bons.

38. Si donc, renonçant à une conduite peu sage,
vous daignez m'écouter, vous vous rendrez plus
attentifs à vos propres intérêts et à ceux de l'état :
vous observerez comment Athènes et Lacédémone,
qui toutes deux ont eu de si faibles commencemens,

sont devenues les arbitres de la Grèce ; et comment
ensuite, lorsqu'elles furent parvenues au faîte de
la grandeur, elles coururent les risques d'une
destruction entière. Vous examinerez pourquoi les
Thessaliens, peuple riche et puissant, éprouvent
de si cruels embarras ; tandis que les Mégariens,
dont la fortune, dans le principe, était si médio-
cre et si méprisable, qui n'ont ni mines d'argent,
ni ports, ni terres, qui ne cultivent qu'un sol
aride, se trouvent les plus riches et les plus opu-
lens de la Grèce ; pourquoi les citadelles des uns sont
toujours occupées par des puissances étrangères,
quoiqu'ils aient plus de trois mille hommes de ca-
valerie et une infanterie nombreuse, lorsque les autres, qui ont si peu de troupes, se gouvernent par leurs
propres lois ; pourquoi enfin les premiers se voient
incessamment déchirés par des guerres intestines,
et que ceux-ci, quoiqu'environnés du Péloponèse,
des villes d'Athènes et de Thèbes, jouissent d'une
paix solide et durable. Une réflexion sérieuse sur
tous ces faits, vous apprendra que la licence et
l'orgueil sont la source de tous les maux, et que
tous les biens sont le fruit de la sagesse. Vous
l'estimez cette sagesse dans les particuliers ; vous
pensez que ceux qui la possèdent sont en même
temps les citoyens les plus utiles et les mortels
les plus heureux ; et vous ne croyez pas que l'état
doive se gouverner d'après ses conseils ! Cependant, il importe bien plus aux états qu'aux particuliers de fuir les vices et de pratiquer les vertus.
L'homme impie et pervers peut mourir avant
que d'avoir subi la peine de ses crimes ; au lieu
que les empires qui sont en quelque sorte immor-
tels, laissent aux dieux et aux hommes le temps
de les punir.

39. Pénétrés de ces idées, n'écoutez pas ceux qui,
indifférens sur l'avenir, ne cherchent qu'à vous
flatter pour le moment, ni ceux qui en ruinant

l'état se disent encore attachés au peuple. Ce furent
autrefois des hommes de ce caractère qui, maîtres
de la tribune, jetèrent la ville dans un égarement
fatal dont tous nos malheurs furent la suite. Et ce
qu'il y a de plus étrange, c'est de vous voir
choisir pour vous gouverner, non des citoyens
animés des mêmes sentimens que les hommes sages
qui ont agrandi la république, mais des gens qui
agissent et parlent comme les insensés qui l'ont
perdue. Vous savez néanmoins que ce n'est pas
seulement parce qu'ils ont rendu la patrie florissante,
que les citoyens vertueux doivent être préférés aux
pervers, mais parce que sous eux la démocratie n'a
éprouvé ni secousse ni révolution pendant plusieurs
siècles, tandis que sous les autres elle a été dé-
truite deux fois dans l'espace de quelques années :
vous savez que ce n'est pas aux calomniateurs, mais
aux citoyens les plus déclarés contre la calomnie et
les plus distingués par leur vertu, que les Athéniens exilés sous les Pisistratides ou sous les Trente,
ont dû leur retour.

40. Quoique nous ayons devant les yeux des exemples si frappans de ce qu'a été la république sous
ses différens administrateurs, nous prenons plaisir
à écouter les orateurs les plus corrompus ; et malgré la conviction où nous sommes que les guerres et
les troubles qu'eux-mêmes ont suscités, ont dépouillé de leur patrimoine un grand nombre de
citoyens, et ont fait passer de la pauvreté à l'opu-
lence ceux qui en ont été les auteurs, nous voyons
d'un œil tranquille leur prospérité ; et loin d'en être
indignés, nous souffrons qu'on reproche à notre
ville de vexer la Grèce par des exactions dont eux
seuls recueillent le fruit ; nous souffrons qu'un
peuple qui est fait, disent-ils, pour commander,
soit plus malheureux que les peuples même accablés
du joug oligarchique ; nous souffrons que des gens
qui s'étaient vus dénués de tout, aient changé,

grâce à notre peu de sagesse, leur état obscur en une fortune brillante. Périclès, prédécesseur de nos ministres, qui gouvernait dans Athènes lorsqu'elle conservait encore quelques vestiges d'une bonne administration, quoique très-inférieure à ce qu'elle était avant de posséder l'empire; Périclès, loin de songer à s'enrichir, porta dans le trésor 8000 talens, sans compter les fonds consacrés aux dieux, et laissa moins de biens en mourant qu'il n'en avait reçu de son père. Trop différens de ce grand homme, ses successeurs ont le front de dire que le soin qu'ils donnent à l'administration de l'état, leur fait négliger leurs affaires domestiques. Mais cette fortune qu'ils négligent, nous la voyons accrue bien au-delà de leurs vœux. Nous autres, peuple, dont ils s'occupent, nous nous trouvons dans la situation la plus malheureuse; nul citoyen ne mène une vie douce et tranquille, on n'entend parmi nous que des gémissemens et des plaintes. Les uns sont réduits à dévoiler leurs besoins et leur misère, ou à gémir en secret; les autres se plaignent du grand nombre des contributions et des impôts, des charges publiques qu'ils sont obligés de remplir, et des échanges forcés de leurs héritages; ils déplorent cette multitude d'embarras et de peines, qui rendent la condition des riches plus triste que celle de l'indigence même.

41. Je suis surpris que vous ne puissiez comprendre, qu'il n'est pas d'espèce d'hommes plus mal disposés pour le peuple que les orateurs pervers et les mauvais ministres. Sans parler du reste, ils ne désirent rien tant que de vous voir manquer du nécessaire. Ils sentent que ceux qui peuvent vivre de leurs revenus, n'embrassent que le parti de la république et des orateurs zélés pour ses intérêts; que ceux au contraire qui ne vivent que de jugemens, d'assemblées, de distributions, leur sont entièrement dévoués; que le besoin leur en fait une loi et

les réduit à leur savoir gré de toutes les accusations
qu'ils intentent , de toutes les persécutions qu'ils
suscitent. Ainsi des ministres dont la puissance n'est
fondée que sur la misère publique, verraient avec
plaisir tous les citoyens misérables. La plus forte
preuve de ce que je dis , c'est qu'ils cherchent moins
à soulager l'indigence , qu'à rapprocher tous ceux
qui ont quelque fortune de l'état des plus indigens.

PÉRORAISON. *Isocrate récapitule les moyens par*
lesquels les Athéniens pourront s'affranchir de
tous leurs maux ; et faisant ensuite une descrip-
tion touchante du bonheur qu'ils peuvent se pro-
curer par eux-mêmes , il finit par les exhorter à
suivre le parti de la justice et de la paix , les
reprend de leurs fautes passées , leur donne des
conseils pour l'avenir, et recommande aux jeunes
gens de s'attacher dans leurs discours ou dans
leurs écrits à la vertu et à l'équité , au repos et
à la prospérité de la Grèce.

42. Quel serait donc le remède à nos maux actuels?
J'ai détaillé presque tous les moyens d'y remédier ,
sans m'assujettir à un ordre exact , et me bornant à
les exposer selon qu'ils se sont offerts à mes réflexions.
Pour les graver dans votre mémoire , je vais tâcher
de me les rappeler à moi-même , et de les remettre
sous vos yeux , en faisant choix des plus frappans.

43. Je dis donc que parmi tous les moyens propres à rétablir et à réformer la république, le premier serait de prendre pour conseils dans les affaires
de l'état ceux que chacun de nous voudrait consul-
ter dans les siennes, et de ne plus regarder les calomniateurs comme partisans de la démocratie, ni
les citoyens honnêtes comme fauteurs de l'oligar-
chie ; parce que , sans doute, la nature n'a pas fait
les hommes pour tel gouvernement plutôt que pour

tel autre, mais qu'ils sont portés à préférer celui où ils trouvent de la considération.

44. Le second moyen, c'est d'en user avec nos alliés comme avec des amis, de ne pas annoncer qu'ils sont libres lorsqu'en effet nous les livrons à la cupidité de nos généraux, de les gouverner en vrais alliés et non en esclaves; convaincus que si nous sommes plus forts que chaque peuple séparé, nous sommes plus faibles que tous les peuples réunis.

45. Le troisième moyen, c'est de n'avoir rien tant à cœur, après la faveur des dieux, que l'estime et la bienveillance de la nation : car c'est à ceux qui sont animés de ces sentimens, que les Grecs s'abandonnent volontiers eux-mêmes, et qu'ils s'empressent de déférer l'empire.

46. Si vous êtes fidèles à ces principes, et si de plus vous montrez par vos préparatifs et par vos soins que vous êtes en état de faire la guerre, en même temps que vous prouverez par votre amour pour la justice, que vous aimez la paix, vous ferez par-là votre bonheur et celui de tous les Grecs. Nulle autre ville n'osera les insulter; mais toutes resteront tranquilles, lorsqu'elles verront la nôtre dans une vigilance continuelle, toujours prête à secourir les opprimés. D'ailleurs, quoi qu'il puisse arriver, notre gloire et nos intérêts seront à couvert. En effet, si nos principales républiques s'abstiennent de toute entreprise injuste, c'est à vous seuls qu'on en aura l'obligation : si au contraire elles se portent à attaquer les Grecs, on verra tous les peuples qui seront maltraités ou qui craindront de l'être, recourir à la ville d'Athènes, et implorant notre assistance, venir nous offrir le commandement et nous abandonner leurs personnes. Ainsi de toutes parts on s'empressera de se joindre aux Athéniens, et de les aider à réprimer les ennemis de la liberté publique. Quelles sont les villes, quels sont les princes qui ne rechercheront notre amitié et notre

alliance, quand ils verront que nous sommes aussi respectables par nos vertus, que redoutables par nos forces ; quand ils verront que nous voulons et pouvons sauver les peuples, sans avoir besoin pour nous de secours ? Combien Athènes ne verra-t-elle pas accroître sa félicité, lorsqu'elle trouvera dans les Grecs un aussi parfait dévouement ? quelles richesses ne reflueront pas dans son sein, de toutes les parties de la Grèce qui nous devra son salut ? De quels éloges ne comblera-t-on pas les auteurs de tant d'inestimables biens ? Mes forces affaiblies par l'âge, ne me permettent pas de décrire tous les avantages que je conçois : je dis en un mot qu'au milieu des injustices et des égaremens de tous les peuples, il est digne de nous de revenir les premiers à des sentimens plus raisonnables, de nous déclarer les protecteurs des Grecs et les défenseurs de leur liberté, plutôt que de nous rendre leurs oppresseurs et leurs tyrans ; je dis qu'il est beau de faire admirer partout nos vertus, et de recouvrer la gloire dont jouissaient nos ancêtres.

47. Je finis par l'objet principal, par l'objet qui est le but de tout ce que j'ai dit, et d'après lequel nous devons juger de l'administration de la république. Voulons-nous être à l'abri de tout reproche, mettre fin à des guerres inutiles, et obtenir la prééminence pour toujours; rappelons-nous les malheurs qu'entraîne la tyrannie, rejetons tout pouvoir despotique, et proposons-nous pour modèles les rois de Lacédémone. Moins puissans que de simples particuliers pour commettre l'injustice, ils sont beaucoup plus heureux que les tyrans qui règnent par la violence. On voit les meurtriers de ceux-ci, magnifiquement récompensés par leurs compatriotes ; au lieu que tout Lacédémonien qui dans les combats craindrait de mourir pour son prince, serait plus déshonoré qu'un lâche qui abandonne son poste et qui jette son bouclier. C'est d'une telle autorité que

nous devons être jaloux. Oui, les sentimens de res-
pect et d'amour qu'éprouvent de la part de leurs
concitoyens, les rois de Lacédemone, nous pouvons les inspirer aujourd'hui à tous les peuples de la
Grèce, s'ils sont dans la persuasion que notre puissance a pour but de les protéger et non de les opprimer.

48. J'aurais encore bien d'autres choses à dire sur
un sujet aussi important; mais l'étendue de ce discours et le nombre de mes années, m'avertissent de
finir. J'invite les jeunes gens qui ont plus de force et
de vigueur, à proposer de vive voix ou par écrit
des avis capables de porter à la vertu et à l'équité
nos républiques les plus puissantes et les plus accou-
tumées à opprimer les faibles. Qu'ils se persuadent
que le repos et la prospérité de la Grèce ne peuvent
que donner plus de crédit aux lettres, et à ceux qui
les cultivent.

FIN.

ON TROUVE À LA MÊME LIBRAIRIE

www.ingramcontent.com/pod-product-compliance
Lightning Source LLC
Chambersburg PA
CBHW071255210626
46818CB00013B/1452